KB112248

여중생A

1

# 여중생A

# 1

허5파6 지음

ⅤⅠ아ㅂㅜㄱ
ViaBook Publisher

안녕하세요, 허5파6입니다.

『여중생A』를 웹툰으로 만나 이 책까지 함께해주신 분도, 이 책으로 처음 뵙게 된 분도 정말 정말 반갑습니다.

제가 『여중생A』를 통해 그리고 싶었던 주제는 '자존감'이었습니다. 사람의 자존감은 외부 요소에 의해 어떻게 변화되는가, 자존감이 한 사람의 인생에 얼마나 지대한 영향을 미칠 수 있는가에 대한 이야기였지요. 주인공이 처한 어려운 환경에서 억압되었던 자존감이, 승리의 기억을 그러모아 새로운 세계로 나아가는 용기가 되는 모습을 그리는 것이 만화의 목표였습니다.

그리고 또 하나, 약간 비밀스러운 바람은, 『여중생A』가 소녀들에게 많이 읽히면 어떨까, 하는 것이었습니다. 생각이 많은 청소년기의 소녀들은, 어려움에 처했을 때 자신의 잘못보다 더욱 자신을 질책하고, 근본적인 원인이 자신에게 있다며 스스로를 원망해요. 대부분의 경우 당신의 잘못이 아니라는 메시지를 보내고 싶었습니다.

『여중생A』의 배경이 되는, 2000년대 초·중반은 인터넷이 각 가정의 PC에 자리 잡고 인터넷 문화가 갓 생겨날 때였지요. 당시 키워드는 '엽기'로, 각종 수위 높은 게시물들이 제재 없이 마구 공유되었어요. 인터넷에서 일어나는 일을 현실 세계로 끌어오는 데 익숙한 사람들과 그렇지 않은 사람들이 섞여 여러 사건 사고가 일어났고요. 이 시절의 독특한 아이템이나 현상들이 아직도 강렬하게 기억에 남아 만화 곳곳에 넣고서 공감하는 분들이 있기를 은근하게 바랐는데 생각보다 즐거워해주시는 분들이 많아 저도 재미있었습니다.

연재 중인 만화가 단행본으로 빚어지면 제 마음 한편에 자부심이 됩니다. 책을 정성스레 만들어주신 비아북 출판사 식구분들과 책으로 다시 한 번 미래를 만나러 와주신 여러분들께 무한한 감사를 드립니다.

2017년 3월
허5파6

차례

**작가의 말** · · · · · · · · · · · · · · · · · · · · · 4

**프롤로그** · · · · · · · · · · · · · · · · · · · · · · · 8

**1화~7화** · · · · · · · · · · · · · · · · · · · · · 16

네 컷 만화 ▌**레이더** · · · · · · · · · · · · 86

**8화~18화** · · · · · · · · · · · · · · · · · · 88

**미래의 방** · · · · · · · · · · · · · · · · · · · 191

**19화~24화** · · · · · · · · · · · · · · · 192

네 컷 만화 ▌**그만···** · · · · · · · · · · · 248

작가의 일상 ▌**게임 이야기** · · · · · · · 250

일러두기

본문의 내용 중 게임상의 대화나 인터넷 용어는
작가의 의도를 살리기 위해 별도의 교정 없이
원문을 그대로 반영했습니다.

&lt;시스템&gt;베이비드래곤이 울부짖습니다!
&lt;파티&gt;z딸기링z : 물약 있는 사람?
&lt;파티&gt;다크666 : 제가 이따 땅에 떨굴게요.
&lt;파티&gt;희나쨩_ : 희나쨩 손꼬락 아프ㄷㅏ요…ㅇ_ㅠ…
&lt;파티&gt;다크666 : 지금 죽으면 전설템 나오는 거 맞죠?
&lt;파티&gt; :

저벅저벅

이제 컴퓨터 전원을
끄셔도 됩니다.

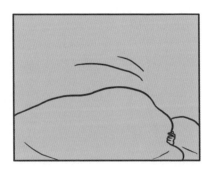

...

이불 속에선

눈을 감아도

게임 화면이
그려진다.

아까 거기서
내가 경직 화살을 쐈어야
드래곤한테 스턴이
걸렸을 텐데…

법사한테도
스턴 마법이 있긴 하지만
유지 시간이 짧으니까…

매일같이 오후 3시에 일어나 종일 게임을 하다가
새벽 4시 무렵에 잠이 들었다.

## 겨울방학이 끝나면
## 이 천국도 끝이 난다.

내일부터는
지옥의 시작이다.

## 1화

중학교
3학년.

이번 학기에도
아는 얼굴은 없다.

어차피 기대도
안 했어…

꿀꺽

장미래

애들은 참
신기하다.

응! 너도?

안녕?
혹시 너희도
XX 팬이니?

그나마 오늘은
학교를 일찍 마쳐서
기분이 풀린다.

응?
왜 문이
다시 잠기지?

아빠
왔네.

그냥 도서실에나
짱박혀 있을걸.

신나서
버스까지
잡아 탄
바람에

놀이터에
애들이 하나도
없냐…

나야
좋지만.

돈이
없어서
피씨방도
못 간다.

국어책이라도
있어서
다행이야.

방학 때
이미 다
읽어
봤지만.

지금쯤이면 나갔겠지.
어차피 집에
가져갈 돈도 없는데.

심화과정 문제까지 풀었더니
몇 시간이 훌쩍 지나 있다.

이 시간대의
아파트 복도는
사람의 기분을
더럽게 한다.

줄지어 선
집들에서
찌개 냄새와
텔레비전에서
나오는
'6시 반 내 고향'
소리가
당연하다는 듯이
어그러져
흘러나온다.

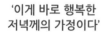

'이게 바로 행복한
저녁께의 가정이다'

라는 것처럼.

나의 행복은 여기에 있다.

## 2화

&lt;전체&gt; '다크666' 님이
전설 무기를 획득하셨습니다!!

내가 사랑하는
- 정호승

거기!

맨 끝에 자꾸
책상에 인사하는
여학생!

내가 ___ _는 사람

…

… 네?!

그리고

…!!

나랑?

뭐해, 반장!
빨리 밥 먹으러
안 가?

응?

나, 나도 친구들 있어서… 미안!

왜 저래?

몰라! 그러니까 뭐하러 말을 걸어, 반장.

…

휴…

도서실

| 도서실<br>관리인 | 장미래<br>(도서부) |
| --- | --- |

왜 나한테
말을 걸었던 걸까,
반장은.

반장 그룹에 끼워주려고?

머엉

우리두리

모두 그룹에 속해 있다.

나는…?

## 3화

토요일
오후 1시.

토요일
오후 2시.

토요일
오후 3시.

원더링 월드에 접속 중입니다…

다크666님이 입장하셨습니다.

다크666

LV.100

내 캐릭터는 레인저(궁수)이고, 남자다.

Hi!

ㅎㅇㅇ 다크 형!

희나짱_

ㅎㅇ ㅎㅇ!!

루사레스™

풍검객

LV.100

여자 캐릭터를 고르지 않는 이유는,

희나야 그래서…

진차ㅑ? 루사 오빠가?

희나야, 너 그 템 못 구했으면 내가…

저런 취급을 받는 게 귀찮으니까.

길마 형은? 오늘 OX 이벤 있잖아.

아, 금방 올걸?

이벤 : 이벤트

왔네, 길마 형. ㅎㅇ!

x유엘느안x님이 로그인하셨습니다.

…

내 안엔 네가 있어♪ 네 안에 그가 또 있어♪

038

스물네 문제까지 연승 행진 중!

집중

이제는 산소도
싫어 햇빛도

모두 다 싫어~

마지막 문제입니다!
원더링 월드는 올해로 게임 운영 4년째를 맞이하였다!
맞으면 O! 틀리면 X!

이거 엑스예요,
3년째거든요.

너만
믿을게!

됐다,

됐어~

정답 발표까지 10초 남았습니다!!

귓말 : 페이크 치는 거예요.
직전에 갈게요.

귓말 : 으응.

LV.100

신기한 일이다.

분명 문을 잠갔는데
분노가 내 방 안까지 흘러들어왔다.

나도 이게
미친 짓이란 걸
알지만…

안 돼,
이 정도로는…

저러다 술 사러
나가겠지…

오줌 마려워…

오줌 마려운데
왜 눈물이 나지…

받은 메시지

보낸이 : 길마형
다크야! 내가 최후
1인 돼서 전설템
상자하고 금괴
받았어! 너 갑자기
나갔던데 괜찮나?

다행이다…

내가 도움이
되어서.

보내는 메시지

네 형 저 괜찮아요
갑자기 전화가
와서 ㅋㅋ 전설템
상자 좋은 거
나왔습니까?

받은 메시지

보낸이 : 길마형
ㅇㅇ 전설템 상자
세 개 받았는데
궁수템이랑 방어템
이랑 성직자템
나와서…

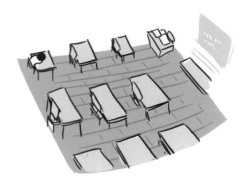

## 4화

이동수업
과학실로

이게 뭐지?

이렇게까지
아이돌 좋아하는
애들이 신기하다.

아이돌 노래야
다 거기서 거기
아닌가?

과학실

얘, 얘!
책상에 있던 쪽지
봤니?

아, 응.

넌 누구 팬이야?

우린 팬클럽
OO야!

오늘 오빠들 스케줄표 뽑아 왔지?

패닉이라고 해야 했나?

아님 조피디?

지이잉

받은 메시지

보낸이 : 길마형

전에 이벤에서 받은 방템 히나가 필요 하대 줘도 되지?

방템 : 방어구 아이템

아이돌은 안 좋아해?

어, 관심 없어.

타악

사탕은 잘만 먹어놓고.

오늘 문자투표도 해야 되고, 플래카드도 만들어 놨지?

...

숙소에도 갔다 오자.

응, 대기 탔다가 선물 전해 주고 오자.

쟤넨 하루 종일 저런 생각만 하나?

· · ·

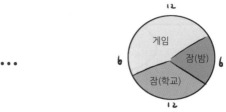

하긴 나라고 다를 게 있나.

솔직히 말하자면 원더링 월드도 이젠 슬슬 질려간다.

만렙

만렙

만렙

그래도 게임을 계속하는 이유는 아직 모아야 하는 전설템 세트와

좋은 길드원들···

이런 상상이라도 해야지.

갑자기 운동장에 괴물이 나타나는 거다.

아이들은 모두 삼삼오오
달아나겠지.

달리기가 느린 나는
숨는 수밖에.

그럼 나는
길마 오빠한테
SOS 문자를
보내는 거야.

오빠는 항상
내가 부르면
달려왔으니까.

게임에서처럼…

그리고 우리 둘은 영웅이 되겠지!

… 교과서는 제출하고 나가면 되고, 수행평가 들어간다!

헤헤…

어, 어라?

우르르

어쩌지.

조별 과학 실험이라 베껴도 조원들 걸 베껴야 하는데…

저기, 교과서 좀 보여줘…

자.

## 3월 14일.

화이트데이는 어쩐지 손해 보는 느낌이다.

사탕보다야 초콜릿이 당연히
더 맛있고 비싸고 다양하잖아.
그리고 발렌타인데이가
그 전에 있는 것도 말야,
여자들이 먼저 고백하는 건
좀 어렵지 않느냐고…

어찌됐든 나와는
상관없는 날이지만.

저 여자애들도
마찬가지고.

반장 왔다!!!

어라…?

흠…

원더링 월드
공식 홈페이지

게임소개 공지사항 이벤트 커뮤니티 고객센터

게임
다운로드

공지사항
3/14 화이트데이 이벤트!!
2/14 발렌타인데이 이벤트!!
1/11 업데이트 사항

화이트데이

커플아이템
업데이트!!

클릭

길마 오빠한테
이거 같이 하자고 하면
이상하게 생각할까?

아니야, 저번에
분명히…

형, 저 매번
노가다 도와주는 거
안 힘들어요?

응
괜찮아.

이 게임에서요,
결혼하면
텔포 기능 된대요.
상대방한테 바로 갈 수
있는 거요.

그래? 사냥할 때
진짜 편하겠다.

텔포 : 텔레포트

너가 여캐면 결혼할 텐데.

!!

여캐 : 여자 캐릭터

058

형도 참 ㅋㅋ
그런 장난을 쳐요. ㅋㅋ

장난 아니야.

일단 여캐를 하나 만들어야 돼.

남남은 커플템을 못 끼니까.

시사랑 이벤트 커뮤니티 고객센터

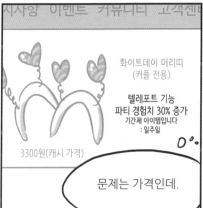
화이트데이 머리띠
(커플 전용)

텔레포트 기능
파티 경험치 30% 증가
기간제 아이템입니다
: 일주일

3300원(캐시 가격)

문제는 가격인데.

엄마한테 받는
급식비 24,000원.

여기서 3,300원을
빼면 20,700원.

점심에 먹는 컵라면을
600원으로 잡고…

타닥 타닥
(핸드폰 계산기)

일단 오빠한테
얘기하는 게
먼저니까…

야.

오늘만 버스 타고 빨리 가자.

그럼 비디오도
조금밖에 못 빌려
보잖아. 그래도…

059

자, 이거.
나 내린다.

이거,
이 사탕…

뭐야?
왜 나한테…

오늘 급식에
나온 거잖아.

난 단 거 싫어해.
너 먹어.

난 또…

얼굴은
왜 빨개진 건지.
쪽팔리게시리.

나에겐 오빠뿐이야…!

자연스럽게 얘기하는 거야.
"형, 우리 커플템 해볼래여? ㅋㅋㅋ"

다크 ㅎㅇ!

다크 옵빠
일찍 왔네연_*

하하! 히나가
이거 하자고 해서…
어색하지?

어색하긴!
우리 넘흐 귀여형~!

하하! 네. 되게 어색하고 웃기네요. 진짜 안 어울려요.

그런데 저는 바쁜 일이 생겨서 그럼 이만.

뒤적뒤적

그래 입이라도 달자, 달아…

## 6화

재한테도 1학년 때는
친구가 있었거든.

이름이 현주랬나…

069

그런데 둘이 싸워서 결국엔 갈라졌대.
일방적인 장미래 깽판이 맞겠지만.

뭐, 그 애도 엄청 착한 애니까
재랑 놀아줬겠지.

사건은 이래.
어느 날 현주가…

저기, 애들아~

미래네 집이
지금 많이 어렵대~
그래서 말인데,

미래돕기
성금 모으기

라면서 성금을 모았는데,

장미래가 거기에 완전 열이 받은 거지.
지 말로는 자기 집 어려운 걸
현주한테만 비밀로 말한 거라 화가 났다는데,
그게 이유가 되니?

장미래 가난한 건 그 반 애들이
다 알고 있었을걸.

폐품 안 가져온
사람 나와.

왜 안 가져와, 응?

깜빡 잊고…

일주일이나
기한을 줬는데,
까먹어?

… 깜빡했어요.

어쨌든
다시 돌아가서,

미래야,
이거 조금이지만…

와아~

잘됐다~!

힘내!

오오!

… 완전 또라이지.

퍼억!!

너무해…

우리 반 아이들이 모은 거잖니…!

그 일도 그렇지만,

딱 봐도 좀 그렇잖아. 음침하고.

뭔가 이상해.

그치? 쟤 좀 이상하다니까.

아니, 미래 말고 그 현주라는 애.

그러니까 너도 이제 쟤한테 신경 꺼.

반장, 너가 착한 건 알겠는데…

눈은 절대 비비지 않는다

눈물이 흐르면 아래로 떨군다

콧물은 휴지에 스이게 닦는다

이러면 안 운 척 성공!

올해도
망했구나…

망했어…

그리고
마지막으로,

찬바람을 얼굴에
쐬어주면 끝.

## 7화

보내야 돼…

보내는 메시지

길마 형 혹시 희나랑 사귀는 거예요?

… 진짜 사귄다고 하면 어쩌지? 안 물어보는 게 낫나…

눈 딱 감고!

전송

받은 메시지

보낸이 : 길마형 아 ㅋㅋ 그럴 리가 요즘 왜 게임 안 들어와? 들어와

Hi~

ㅎㅇ
올만~

행복해!!!

모니터 너머로
모닥불의 온기가
느껴지는 것만 같다.

그렇다고 해도,

너무 춥네.

개인상점 모드로 걸어놓고~

개인상점 : 게임 내에서 유저 개인이 운영하는 상점.
이를 통해 다른 유저와 거래를 할 수 있다.

새로운 퀘스트를 수락하였습니다…

QUEST

플레이어

필수 아이템

목표물

보일러

엄마

아빠…

?

…

흠.

아, 맞다!

벌써 갔나.

미술 준비물 사야 된다고
얘기해야 되는데…

그냥 뭐,

맞거나 벌서거나
하면 되지, 뭐.

우리 가족을
생각하면
떠오르는 게임이
하나 있다.

이거
여자애들이
좋아하더라.

피씨방 사장님이
시켜줬던
게임인데,

내가 본 적 없는 가족의 모습으로
게임을 시작해야 하는 것부터 싫었다.

청소년 혼자서는 가족을 형성할 수 없는 것도 짜증났다.

그래서 대충 가족을 만들었더니,

애가 문제였다.

청구서에 쫓기느라 부모는 바빠 죽겠는데,

애는 뻑하면 탈이 나서

복지국
직원이
데려가기
일쑤였다.

부모는
슬퍼하느라
시간을 날렸다.

아,
기술 올려야 되는데
그만 좀 울지…

너희 곧
출근해야 되잖아.

게임에서 애는
나약하고

보살핌받아야 하는
존재였다.

그것도 당연하다는 듯이.

왜?
빌려준대도.

앞으로
그런 상황이
몇 개나 더
있을까
생각하니

그냥
그런 게임은
하기가
싫어졌다.

행복한 가정을
게임으로
배우긴 싫었다.

스위치를 내리면
그것으로 끝인.

# 레이더

먼 미래에는 이런 일도
가능하지 않을까.

사람들이 재생 중인 노래 제목을
사람들의 머리 위로 띄울 수 있는 거야.

♪버즈,
「가시」

♪X Japan,
「Endless Rain」

♪윤종신,
「몬스터」

## 8화

저, 미래야.
이번 달에
과학의 달 행사
있는 거 알지?

앤 또 왜…

행사에 과학
글짓기도 있잖니,
너도 참가하는지
궁금해서…

나는 글짓기 참여할 거거든. 이번에 입상하면 도 대회로 나가나봐..

응?

미래야?

뭔 소린지 모르겠고 할 말 다했으면 갈게.

우리도 도서부 들까?
넓넓해 보인다.

사람도 별로
없고.

거기 말고.

여자애들 많은 데
들자고.

사람 별로 없는
부면 방송반 어때?
우리 반에선 이백합
혼자야.

거기 엄청 빡셀걸?
군기 잡는댔어.

## 9화

허얼…

넌 밥 먹고 컴퓨터만 하니?

… 어떻게 알았지.

잰 하여간 좀 이상해.

이백합은 저런 애가 뭐 좋다고 자꾸 친한 척인지.

왜 자꾸 관심 갖지… 나 싫어하는 거 같은데.

1,000타 넘으면 가산점 준다!

설마 1,000타 넘는 사람 있어? 손들어 봐.

오~ 몇 명 있네?

얘! 너도 손들어!

너 1,000타 넘잖아!

여기가 도서실이야.
들어와.

오~

사실은 이렇게
소개하고 싶었다.

이곳은 학교에서
유일하게 허락된
나만의 왕국이고

너는
내가 승인한
첫 번째
방문자라고.

105

너무 많이 말했나.

으, 이상한 애라고 생각하면 어쩌지…

넌 영화도 많이 보나봐. 그 영화 재밌어?

응! 너도 봐! 아니, 어, 보려면 봐…

뭐야? 쟤 왜 갑자기 웃고 다녀?

허얼~~!!

?

## 10화

107

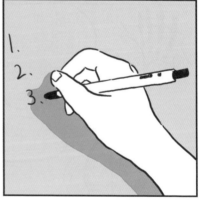

나 뭘 잘못한 걸까?

그냥 나인 게 잘못인 건가.

너 반성문 쓸 줄 모르냐?

뭔 소설을 쓰고 있네.

틀렸어…
맛이 간 것 같다.

안 말리면 이거

큰일 날 거야.

그리고 내 생애
가장 행복한

일주일이
시작되었다.

1. 기름을 두르고
2. 계란프라이를
   만들어서
3. 밥, 계란,
   간장을 비빈다.

121

아침에 받는 햇살은
믿을 수 없을 만큼 달짝지근하고

새벽의 품은
혼자였기에 포근했다.

응?

흠...

어른이 되면 이렇게 살자.

지금은 베타테스트일 뿐이야.

일주일 후 엄마가 돌아왔다.

이런 게
철거민의
심정인가.

물론 며칠 뒤엔 아빠도.

나는 솔직히 그동안 아빠가 우릴 때렸다는 사실을 거의 잊을 뻔했는데,

저렇게 조용히 집 안에 들어앉아 있는 걸 보니, 무슨 일이 있긴 있었구나 하는 신뢰가 들었다.

그런데,

나 엄마한테 묻고 싶은 게 있어.

그동안 어떻게 지냈어?

부재중 통화
0

내 생각 한 적은 있어?

## 12화

126

원더링 월드에서는 아무래도 법사가 대세지.

우리 길드에서도 법사를 많이 내보내야 되는데…

만렙 법사 있는 사람, 손!

다크도 법사캐 있지 않아?

아, 바람 속성 법사라서요. 공격력은 약해요.

쿨타임은 빠르지만…

괜히 나갔다가 폐 끼치면 좀 그렇잖아…

그럼 다 정해졌지? 길마 한 사람은 강제 참여니까. 그럼 연습하러 ㄱㄱ!

그럼 이제
작전을 짜볼까?

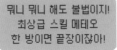

뭐니 뭐니 해도 불법이지!
최상급 스킬 메테오
한 방이면 끝장이잖아!

그치만 메테오
발동 시간이 넘 느려!
시전하다가 죽을걸?

냥이법사얌   얌이법사얌   불법 : 불의 힘을 사용하는 마법사

단일 주문력은
불법만큼 센
캐릭이 없다구!
전 직업 통틀어서!

그렇다고 다
불법으로만
나갈 순 없어!
주문 걸다
맞아 죽을걸!

저기…

불법만큼 세진
않지만 물법도
주문력은 뒤지지
않잖아요.

게다가
불법에겐 없는
스턴 스킬인 프리즈
(얼리기)가 있으니
물법도 꼭
필요하다고 봐요.

불법은 대신
화상이라는
지속 데미지
스킬이 있지만요.

물법 : 물의 힘을 사용하는 마법사

나도 다크 말에 동의해.
나는 전사라서 별 도움은 못 되겠지만
올방으로 스탯을 맞추고
디버프나, 버프 쪽으로 협력할게.

올방 : 모든 능력치를 방어에 맞춤
버프 : (주로) 아군에게 도움을 주는 주문
디버프 : (주로) 적군의 능력치를 깎는 주문

길마 옵빠듀
다른 센 캐릭으로
하면 되쟈나?

길마 참가는
길마로 등록된
아이디만 가능해.

그럼 캐쉬템으로 울희 막 막 세지면 되겠다, 그치?

이번 길드전에선 맨몸으로 출전해야 돼.

다크 옵빠는 왜 쟈꾸 희나가 하는 말에 다 태클 걸어?

길드전 내용… 다 공지에 나와 있는 거거든.

내가 뭘 했다고 태클이야. 그냥 말한 건데.

다크 옵빠는 희나만 미워해… 희나는 넘 슬포…

에이~ 다크 형! 희나도 그냥 해본 말인데요 뭐.

시간이 별로 안 남았으니까 빨리 연습하자~

그래!!

시작하자마자 스킬을 퍼부어야 돼. 어차피 몇 초 만에 다 끝난다니까!

메테오~!!

프리즈!

형, 근데 이 길드전 꼭 참가 안 해도 되지 않을까요?

무슨 말이야?

솔직히 이번 길드전에 나가는 게 좋은 일인지 모르겠어요. 순위권에 못 들지도 모르겠고. 게다가 우린 좀 네임드 길드잖아요.

괜히 놀림거리만 되는 건 아닌지…

나는 그래서 더 이번 길드전에 나가야 한다고 생각해.

우리 길드는 원더링 월드 게임 열리고 나서 거의 초창기에 만들어졌잖아.

그래서 길드명 원더피플도 선점할 수 있었고. 초대 길마는 내가 아니었지만.

이런 길드전 이벤트도 유저끼리 열어야 할 만큼 회사에서 돌봐주지 않는 게임이야.

우리가 네임드 길드인 만큼 더 애착을 가지고 게임 활성화에 힘 써야 되는 거 아닐까?

길마 형 여기 좀요~!!

어! 갈게!

형! 저 궁금한 게 있어요.

응?

화이트데이 때 희나랑 템 맞춘 거, 형이 사준 거예요?

아! ㅋㅋㅋ 아니야. 희나가 선물해줘서 같이 낀 거야.

ㅎㅎㅎ 다행.

어, 금방 가.

잠깐, 희나가 사줬다고? 걔는 뭘 사준 역사가 없는 앤데?

뜯으면 뜯었지…

## 13화

전 준비 됐어요.

얘들아 꼭 싸워야 겠나…

뭐 어때여 형. 그냥 한번 해보는 거지. 가끔 하잖아여. ㅇㅇ

희나야. 템은 다 벗고 해야지. 규칙이잖아.

아앗 옵빠들 변태~!

빨리 해! 빨리!

길마 오빠 혹시 희나가 걱정돼서 말리는 건가…

쌈 났다며?

죄딸기링!z

괜찮겠어? 너 지금 상인 캐릭 렙 49잖아. 희나는 성직자라도 만렙이야.

에이, 그냥 번외 경기인데요 뭐.

귓말 : 하긴 맨날 쩔만 받는데 만렙이면 뭐하겠어. ㅋㅋ 이겨라 다크야? ㅋㅋㅋ

괜찮으려나…

희나 지금 넘흐 굴욕적이야!

어엇!

그 머리!!
캐시템이잖아!
헤어도 벗어야지!

!!!

희나 헤어템은 그냥
룩템이라서 능력치는
안 달려 있을 거예요.
괜찮아요.

그래?
알았어~

어차피 성직자의
변변한 공격 스킬이라고
해봤자 언데드 스킬인데,
그건 나한테 통할 리 없고.
평타 공격뿐이니까
피해량에 대해선
걱정할 게 없어.

나도 렙이 낮아서
괜찮은 공격 스킬은
카트 후려치기밖에
없지만, 그게 데미지가
꽤 나오니까 그럼
그 정도로 충분히…

폭죽 이모티콘 터뜨리면
시작하는 거다?

준비~

땅!

카트에 돈 바르기!!
(공격력 up 버프 스킬)

그대로 멈춰라!!
(스턴 스킬)

접속이 종료되었습니다…

뭐야?!
안 돼!!

이러면…
이러면 꼭 내가

지자마자 화나서
나간 것 같잖아~!!

안 그래도
쪽팔린데!!

보내는 메시지

받는이 : 길마형
아 형 ㅋㅋ 저
갑자기 컴 다운
돼가지고요 ㅋㅋ
갑자기 나가졌네
요 ㅋㅋ

아아악

141

초등학생 때는
시키지 않아도 매일
일기를 써서
일기상도
많이 받았는데…

내가 쓴 일기를 보는 일은
이상하리만큼 매번 새롭다.

날씨: 맑음

오늘의 잘못한 일:

발을 들고 다니지 않고 시ㄱ
뛰어다닌 것 잘못했습니다

2 밥먹는 시간에 젓가락질
지 못해서 죄송합니다.

3 아빠가 빨리 자라고 했는
책을 더 보고 싶어서 몰래

그리고 언제나
꼼꼼하지.

이럴 때가 아니지.

할 줄 아는 건
그나마
게임뿐인데…

원더링
월드
공략집

한 시간 전.

NPC : 서비스 공급업체가 조종하는 캐릭터

청순한 눈
(블루)

금방이라도 사랑에 빠질 것만 같은 청순한 눈

힘의 돌 (소켓)

상대방의 속성이 무속성일 때 데미지가 2배로 들어간다.
캐시아이템(기간제)

143

## 14화

천천히,
맨 마지막에
나가야지.

우리 갔던 뷔페에서
옆자리에 있던 그 사람 ㅋㅋ
완전 백밥이
세 배더라. ㅋㅋ

세 배 ㅋㅋ
그건 좀 심했다.
ㅋㅋ

우리 백합이는
뭘 보느라
그렇게 바쁠까?

스윽

탁!

다 입었니?

어, 응…

?

화난 거 아니지…?

이제 슬슬
나가도 되겠지?

이백합,
핸드폰 놓고
갔네.

가져다
줘야 하나?

야! 이걸 니가 왜 갖고 있어?!

괜히 해코지당할 것 같은데…

그렇다고 그냥 이렇게 뒀다가

누가 가져가면 어떡해…

너가 맨 마지막에 남아 있었잖아!

누가 가져가 버리면 더 큰일 나!

역시 내 손으로 전해주는 게 낫겠어.

어머!

응? 왜?

다른 사람이 핸드폰 보면 안 되는데…

나 핸드폰 좀! 놓고 왔어.

응, 갔다 와~

그럼 두 명씩 짝을 지어봅시다―

드디어 지옥 같은 짝짓기 시간이 돌아왔군.

이젠 폭력인가! 시작된 건가??!

후우…

내가 요즘 쓰고 있는 소설이야, 어때?

짧아서 잘
모르겠는걸…

그래?!

그럼
다른 부분도
보여줄게!

아니 아니
그건 좀…

왜애~?!

나한테
보여줘도…
내가 봐서
뭐하겠어.

미래야
이것 봐.
이 손 봐~

?

그때
네가 때려서
이렇게 됐어.

뭐?!

전에
글짓기…

## 15화

재밌어~!

백합아,
미안해서
어쩌지~
언니가 할 일이
생겨서…

괜찮아요~
저 그럼 구경
할게요.

우리들의
쪽지?

흠음…

"어릴 때부터 외로움은
오롯이 내 몫이었다…"

"동생과 나는
이불 속에서
숨을 죽이며…"

뻔한 이야기들
뿐인가…

"엄마의 얼굴이 기억나지 않는다…"

"왜 자식은
부모를 선택하지
못하는가."

"이미 빛을 본
자식으로서
항변하는 이 문장은
한낱 투정으로
남을 뿐이다."

"부모는 그 이름만으로
자식의 첫 숨과
그 환경을 손에 쥐고
농락할 권리를 가진다."

나는 이런 발상을
해본 적도 없어!

언니!!
이거 쓴 애
만날 수 있어요?

그 아이의
신상 정보는
알려줄 수
없어…

백합이
뭘 그렇게
하루 종일
보니?

엄마!!

응? 왜 그래!
무슨 일 있어?

며칠 후.

세상에!
지금 우리 학교
다니잖아?!

웬일이래…
기분 좋아
보이네.

막상 보니까
말 걸기가 좀 그렇네.

그 글을 보고
찾아왔다고
하기도
좀 그렇고…

이렇게 알아낸 것도
이상하게 기분 나빠
할지도 몰라.

뭐해?
남의 반
앞에서.

그래…
그런 글을 쓴
아이라면.

한참
찾았잖니.

우린 운명이야.
소울메이트가 될 수도
있을 거야.

언젠간 꼭
만나게 될 거야.

2학년 반 배정
↓

밥아!
우리 또
같은 반
됐다!

또 안 됐어…

어머나~

엄마~
글짓기 대회
상 탔어.

입학한 이래로
계속 학교 소식지를
주시했지만,
글짓기 수상자 목록에
그 아이 이름은 없었어.

그리고 3학년.

## 16화

163

어?
너 안 들어가고
뭐해?

어디로 가야
될지 몰라서.

으흠… 흠…
이거 참…

어쩌다 보니
옷이…

그리고
영화를 볼 거야,
아마.

다들
모였나?

그럼 일단
책 정리하고
영화 보는 걸로.
책 정리 시작.

어째 매년
도서부원 수가
주는 것
같다?

책 정리는
다 되어 있는데요…

모!!
모!!

누가
좋아하기라도
한대?

근데 좀
신기하긴 하다.

나 혼자가
아닌데도

이렇게
편안한
느낌이
들다니

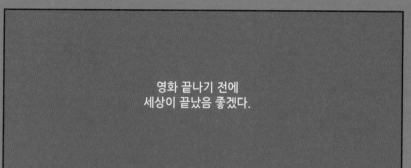

170

참 나,
저 오빠 좀
어이없다.

그러게.

응? 웬일로
애들이 다 같이
청소를…

이제 선생님
불러오면 돼?

남자애들까지…

## 17화

어머! 아직도 동복 입는 애가 있나?

신영전에선 자동전투 말고 직접 전투 할 수도 있어!

난 자동전투 좋은데.

너 **지이이인짜** 신기하다! 남자랑 노는 게 그렇게 좋아?

174

175

게임
접속부터
해놓고~♪

장노란 옆에서
계속 긴장을 하고 있어 그런가
온몸이 다 저리네.

이제부턴 신나게
게임을 하면
되는…

아, 맞다
…
그거부터
해야지…

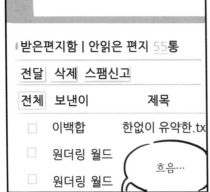

받은편지함 | 안읽은 편지 55통

전달  삭제  스팸신고

전체  보낸이          제목

☐  이백합      한없이 유약한.tx

☐  원더링 월드

☐  원더링 월드

흐음…

무라카미 류
소설이
떠오르는
제목이네.

앗
메일이다!

글 잘 읽었어.
아직 연재 중이라
내용은 잘
모르겠지만
문장이 참
예쁜 것 같아.
묘사하는 것도.

뭐 그 정도야~
항상 듣는
칭찬이라서.

근데 이 아이,
이제 정말 글을
안 쓸 건가?

하긴 그러고 보면
내 글짓기 선생님도…

얼마나
대단한
글이길래
백합이가 직접
봐달라고
할까?

선생님,
이 글 좀
봐주세요~
제가 쓴 건
아니고요…

음! 재치 있는
구절이 몇 군데
있지만,
문학적 완성도는
단연 우리
백합이가
한 수 위인걸?

… 결국
그 정도인가.

## 18화

희나쨩,
나 왔어~

루샤레스™

왜 이렇게 늦게 와써?!!
그동안 희나 무슨 일
있었는즤 아라?

미안… 학원
가따 오느라…

루샤 옵빠 없는 동안
다크 옵빠가 희나쨩
지켜줬어! 옵빤 바보야!

그러고
보면 나 아까
왜 희나를
쉴드 친
거지?

… 몰라.
암튼 우리 앤데
다른 사람한테
욕먹는 건
싫어.

문제는
내부에 있구먼.

185

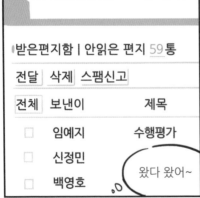

또 기간제 캐시템
업뎃했나보네.

요즘엔 어차피
올라오는 게
다 캐시템이라서
업뎃 확인도
안 했었는데…

나도 글
남겨야지~

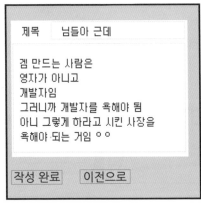

제목    님들아 근데

겜 만드는 사람은
영자가 아니고
개발자임
그러니까 개발자를 욕해야 됨
아니 그렇게 하라고 시킨 사장을
욕해야 되는 거임 ㅇㅇ

작성 완료    이전으로

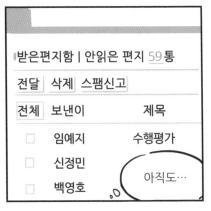

받은편지함 | 안읽은 편지 59통

전달 | 삭제 | 스팸신고

전체    보낸이            제목

☐    임예지        수행평가

☐    신정민

☐    백영호        아직도…

급하니 어쩔 수 없지.
일단 받은 자료로
만들어야 돼.

평소엔 밤
잘 샜는데
이럴 땐
유독 졸려.

작업 한 시간째.

ㅇㅇㅇ…

빠르-

# 미래의 방

## 19화

쟤 백퍼 나한테 관심 좀 있다. 아니냐?

음? 주머니에 뭔가가…

와레즈-pm

송재민이 준 쪽지네.

아직도 와레즈 살아 있나?

한번 가볼까.

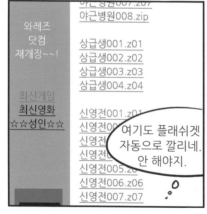

와레즈 닷컴 재개장~~!

야근 병원008.zip

상급생001.z01
상급생002.z02
상급생003.z03
상급생004.z04

최신게임
최신영화
☆☆성인☆☆

신영전001.z01
신영전00
신영전
신영전
신영전005.z0
신영전006.z06
신영전007.z07

여기도 플래쉬겟 자동으로 깔리네. 안 해야지.

짜릿한 성인 만의 ~!!

XXX-
XXXX

가입
즉시
미녀들의

한 시간
경과.

노란 국물

응?

이 여자들
뭘 먹는 거
…?

아악!!
저게 뭐야!!

눈 베렸어!
눈 베렸어!!

아, 씨… 괜히
들어가선…

결국엔 기분만
더러워지고…

응?

내일이 드디어
그 날이구나!

다음 날.

안녕~

어, 왔어?

그렇지, 뭐.
나라도 나 같은
애랑 같은 옷 입긴
싫겠다.

오늘 영화는
뭐야?

「드림라인」.

두두두두두
두두두

너무 좋다.

영화도,
지금 이 시간도…

씨익

여긴 가끔 게임잡지가 있어서 좋아.

과월호지만.

자.

고, 고마워!

오늘 본 영화 말야, 진짜 좋았어.

그치? 연주도 좋고, 재밌어!!

그… 이런 말은 좀 이상하지만…

왠지 모르게 가슴이 뛰었다고 해야 하나.

아무튼 고마웠어. 잘 가!

나두…

나두 고마워!

뭐가 고마운진
모르겠지만…

## 20화

이백합은
과외 숙제 중인가…

하여간 애는
똑같은 행동을 해도
유독 짜증나.

???

으으…
드디어 끝.

야, 장미래.

나, 나가서
이야기하자!

나…!

…?

어, 어, 어?!

이 분위기 혹시 이거… 그 설마…?!

나 이제

드럼 배운다!!

학원도 등록했어!

아, 그래... 잘됐다~

난 도대체 무슨 상상을...

아무튼 기분 좋아 보여 나도 좋다.

빡세게 배우고 싶다 하니까 몇 달은 패드만 쳐야 한대.

생기도 도는 것 같고...

사람이 취미를 가지면 달라지는구나.

노닥거릴 시간에 글을 써볼 생각은 안 하는 거니.

더군다나 그런 별 볼 일 없는 애랑!

성게같이 생겼어.

치기 어린 남자애들하고 노는 건 시간 낭비야.

네가 그럴 줄은... 점점 실망이다, 미래야.

드럼 책은 없나?

드럼 연주 앨범은 있다.

계산이요~

오옷! 이태양!

짜식이, 형님 두고 먼저 가버리기냐?

음음~~~

헉!

그러고 보면 최근 좋다, 좋다 하고 헤벌쭉거리면서 긴장을 늦췄어.

행복한 감정에 자연스러워 지는 것이 나에겐 주제 넘은 일이란 걸 잊으면 안 돼.

호사다마 (好事多魔).

나의 좌우명이자,

이럴 때마다 마음의 에어백이 되어준다.

부끄럽지도 않나? 우리 집이 이 지경으로 삽니다! 하고 동네방네 광고하는 거.

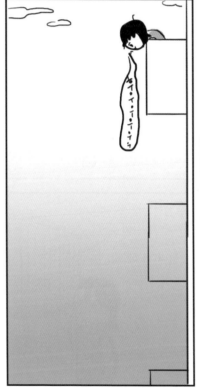

구질구질해…

## 21화

이~

저벅저벅

짝

하이!
나 왔어.

빼꼼

빼꼼이래.
ㅎㅎ

어, 왔냐.

213

215

갖가지 징조로 날 들뜨게
하는 것이 절망감에 밀어 넣기 전
효과를 극대화시키는 장치는
아닐까 싶어서.

이곳엔 들키고 싶지 않은
행복한 순간을 숨겨 놓아.

꿈에서 겪은 일
아닐까 싶어
뒤를 돌아봐도

실제의
네가 있다.

그동안 현실은 믿고 싶지 않아서 믿지 않았어.

내가 진실로 살아가고 있는 세상은 다른 곳이라고.

괜찮아! 오늘은 즐거운 기억이 여러 개 있었다.

후우.

xx…!

인간은 왜
생각하는
동물인 걸까.

나 같은
사람한텐
그런 거
필요 없는데.

술을 겨우 건네고
남의 집 화장실을 빌려쓰듯이
벌벌거리며
오줌을 싸는 나를
생각한다.

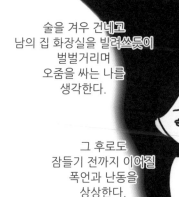

이게 언제까지
계속될 것인지가
**가장** 괴로운 대목이다.

그 후로도
잠들기 전까지 이어질
폭언과 난동을
상상한다.

그렇게 계속 계속
생각하고 상상한다.
그만 상상하거나,

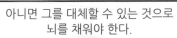

아니면 그를 대체할 수 있는 것으로
뇌를 채워야 한다.

예를 들면 이태양이라든지.

## 22화

학교 행사는 거의 다 싫어하지만

나에겐 거의
휴일이나 다름없는
기간이 있다.

바로 바로

# 중 간 고 사!

시험지 뒤로
넘기고, 커닝하면
영점 처리한다.

학교에서 있는 시간이 적은 데다가
점심시간도 없고, 이동수업 따위는
더더욱 없으며 며칠간 계속된다.

빨리 내는 사람은
집에 빨리 가게 해주면
더 좋을 텐데.

벌써부터 포기하면
힘들어. 한 줄 세우면
안 된다!

뜨끔!

수 학

OMR 답안지

아쉽다.
마지막 날이네…

야!
장미래!

옆반 애들하고
노래방 가는데,
같이 갈래?

나한테…?

?

난… 괜찮아.
잘 놀고 와.

뭐야~ 송재민.
ㅋㅋ

송재민 가끔
이상한 짓 해. ㅋㅋ

이태양이 노래를 부른다니…

목소리가 낮아서 괜찮을지도…

실제로는 이런 모습이려나

워허어~

저기서 질투를 할까, 보통은?

질투도 내가 뭐가 되어야 질투를 하지…

오랜만이네. 다들 잘 있으려나.

이번 업데이트 관련해서
이야기를 나누고 싶어 출현한 영자1호입니다.
원더링 월드는 여러분을 가족같이 생각하는…

전에는 우리 말 다 씹더니!

가족 좋아하네!

사람들 싹 다 탈퇴하니까
무서웠나보지?

영자 씨 팬이에요!

… 예, 그래서 이 자리에서
몇 분 정도의 의견을 들어보고 싶어
자리를 마련했습니다. 의견이 있는 분은
손을 들고 나와 말씀해주세요.

와… 이번엔
좀 심했네요.

그러니까 말야!

소식지

어… 그…

캐시템만 자꾸
업데이트
하니까요…
음… 그러면
학생이니까!
돈이 없잖아요?
그니까… 어…

225

… 편히 말씀하시면 됩니다.
다음 분?

내려가라!
내려가라!

형편없어!
형편없어!

우우~~!!

다크!
너 나가봐!

마자여~i
다크 옵빠 말 잘하자나여!
다크 옵빠 똑쟁이~!

와! 다크 나가는 거야?
우호~!

자 자-

다크 화이팅
잘하구 와. ^^

자기 소개
부탁드려요.

네, 원더피플 길드원
다크666입니다.

음…

음…

여기 모이신 분들 다
원더링 월드에 관심 있으신 분들이고,
오래 지켜봐 온 분들일 거예요.

그래서
이번 업뎃에
더 화나고
실망하셨을
거구요.

그동안 아이템샵보다
캐시샵 쪽에만 업뎃이 되었지만
유저들은 그저 게임 운영만 해달라고
참아왔던 건데

이번에 나온 캐시템은
밸런스 붕괴도 문제일뿐더러,
다섯 시간짜리 시간제템을
접속을 종료했음에도
유효 시간으로 계산하는 것도
문제라고 생각합니다…

227

이태양! 어디 가~!

한 시간만 있겠다며. 있어줬잖아.

아줌마가 서비스 계속 주잖아~ 좀 더 있다 가라~

야!

송재민송재민송재민 여자애들이 너 찾아. 빨리 와.

아 ㅋㅋ 알았어.

펑 펑 펑

나 먼저 간다. 낼 봐.

알았어…

진짜 가지가지 한다.

ㅋㅑ하하하

쿨럭 쿨럭 쿨럭

## 23화

화면이 꺼지면 어두운 기억들이
기다렸다는 듯 나를 덮쳐온다.

음침한 애⋯
또라이!

**답답해, 답답해!!**

음침하다거나
또라이 같다거나 답답하다거나,
그런 것은 다 다른 사람에 의해
규정된다.

나는 또라이⋯
나는 음침한 애, 나는 답답한 애.

나는 그냥 죽은듯이 살고 싶을 뿐이야.
너무 아픈 말을 뱉는 너의 눈에
띄지 않길 바랄 뿐이야.

울면 안 돼.
눈 부어서 학교 가면
그건 그거대로
꼴불견이겠지.

이태양 생각이나 할까…

다음 날.

과학의 달 글짓기
최우수상, 이백합!
나와서 상 받아가렴~

내 것을
가져왔을 뿐.

이율~~
이백합~~
워~~

!!

231

미안,
엄마…

꽃처럼
예쁘라고
이름도
예쁘게
지어줬더니,
엄마한테
성질이나
부리고!

히잉~!

엄마…
날 좋아하지 않는
사람도…
있을 수 있겠지?…

누가 우리 백합이를
싫어해? 그건 그 애가 이상한 거야.
우리 백합이같이 좋은 아이를
못 알아본 그 애가 잘못이지…

아무도 우리 백합이
마음이나 자존심에
상처 입힐 순 없어…

앗! 그러고 보니 내일은…

준비물은 다 확인했고… 오랜만에 글이나 볼까.

※3학년 1반 카페※

메뉴

)🍀알림&소식🍀
🍀우리들 이야기🍀
🍀비밀 이야기🍀
🍀내얼굴 올리기🍀
🎞기본 앨범

🍀우리들 이야기🍀

ㅋㅋㅋ 나도 오늘 갔했다~!(2)
ㅎㅇㅎㅇ~! 1반 청9들아~~(1)
내일 소풍 진짜 ㅏ 기대된다~~!!(4)
소풍 언제야? (5)
주말뒤에 소풍이당~~!(1)
주말에 축구할사람 글 남겨봐 (9)
나 폰번호 바꼈어~ 재민이당!(3)
김예진! 김민지! 이 글 ㅂㅏㅂㅏ~!(
야 1반 얘들 아직도 가입 안했나여

제목  내일 소풍 진쪄ㅏ 기대된다~~!!(4)

1반 애들아
우리 다 잼나게 놀자~~!!
ㅇ(^^)ㅇ
아 비 오면 우짜지 ㅠㅠ
진짜 제발 비 안 왔으며뉴.ㅠ…

01번 강호진    마자마자 제발 ㅠㅠㅠ…
04번 김경수    우리 다 제사 지내자 비 오
ㄴ21번 김경미   ㅂㅏㅂ ㅓㅑ 제사가 아니
ㄴ30번 박예진   김경수 바보똥깨멍청이~!

소풍을 이 정도로 기다리는 애들이 실제로 있긴 있구나.

난 솔직히 비 왔으면 좋겠는데.

책이나 드라마에서나 그러는 줄…

이태양은 무슨 옷 입고 오려나?

새로운 옷 봤으면 하는 마음도 조금…

내가 걱정이지, 뭐…

237

## 24화

그렇지.
비가 올 리가 없지.

이동 시간 싫어…

혼자인 거 너무 티 나잖아.

아예 다 모르는 사람이면 몰라도,
어설프게 친한 사람이 있으면
이럴 때 더욱 괴롭다.

점심은
자유롭게 먹고…
멀리 가지 않도록…

후우

240

자유시간
끝날 때까지
기다려야겠다…

아까 진짜
어이없었잖아.

장노란 목소리!!

아니 내가 비듬이 있어서 있다 했는데 송재민이 갑자기 참견하는 거야.

내가 뭐 괜히 그랬나? 그냥 비듬 있으니까 씻고 다니라고 말한 거지. ㅋㅋ 그나마 나니까 신경 써준다고 말한 거 아니겠어?

꼭 그런 애들 있어 남자랑만 노는··· 남자 밝히는 애들!

그런가? 니 말 듣고 보니까 그런 거 같기도.

여자애들이랑 못 사귈 거면 니 눈치 보면서 남자애들이랑도 말 안 해야 니 속이 편하겠냐?

공격 주문                  → 회피

라고 나가서 받아칠 만큼 나도 계산이 안 되진 않지.

어색하게 걷는다는 건
무엇일까?

걷는 데서 어색함이
묻어 나온다는 건
심각한 정도 아닐까?

이미 인간으로서 무언가 결여되었거나 정상이 아니기 때문에
그런 게 걸음걸이에서 나타나는 게 아닐까?

내가 제대로 된 인간이
아니라는 건
예전부터 알고 있었지만
요즘 너무 나태하게
행복을 누렸던 건 아닐까?

사실 모두들 다 알고 있던
내 비정상적인 기운들을
나만 새어 나간지도 모르고
멍청하게 살았던 건 아닐까?

오늘 그 말은 나에겐
거의 사형선고나 다름없는 듯하다.
인간으로서 실격이라는.

그동안 집행유예였는지도.

덜된 인간인 주제에 슬픔을 느끼다니.

# 그만···

## 게임 이야기

『여중생A』의 '원더링 월드'라는 가상의 게임은 여러 게임의 영향을 받았는데요,

그중 게임 전반에 깔려 있는 정서는 '트릭스터'라는 게임과 가장 비슷합니다.

트릭스터는 지금도 그리워하는 팬들이 많은 게임입니다.

저는 이 게임에서 주로 사자 캐릭터를 키웠지요.

사자는 원거리 무기, 총을 다루는 캐릭터였어요.

BANG

제가 처음으로 원거리형 캐릭터에 집착하게 된 게임은 '샤이닝 로어'였어요.

샤이닝 로어에서 궁수는 인기도 없고 키우기 어려운 캐릭터였어요. '활'과 '석궁' 중에서는 석궁이 조금 더 힘든 길이었습니다.

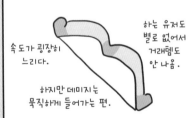

속도가 굉장히 느리다.

하지만 데미지는 묵직하게 들어가는 편.

하는 유저도 별로 없어서 거래템도 안 나옴.

※ 트릭스터가 사랑받은 이유는 귀여운 도트 그래픽과 아기자기한 요소들, 따듯한 분위기…라고 생각해요.
※ 트릭스터에서 사자 캐릭터는 땅굴 파기 특화형 캐릭터였으므로 생각보다 쏠쏠한 생활을 했습니다.

키우기 척박해질수록 오기로라도
석궁 캐릭터를 놓지 않았던…
그때부터였을까요…
게임에서 고행을 즐기게 된 것은…

석궁 유저들 좀
그만 너프해라!
안 그래도 죽겠다!

누가 그거 하래?

샤이닝 로어에서의 석궁 유저는
그저 그 직업을 선택한
자신을 탓하면 되지만,

트릭스터는 게임 그 자체가
고행이었습니다.

트릭스터에서 땅을 파서
물건을 찾아오는
퀘스트가 많았는데,

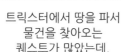

말 그대로 맨땅을 하염없이
드릴질(클릭질)해야 했기 때문에
이 시스템을 받아들이지 못한
초보 유저들은 일찌감치
학을 떼고 나갔죠.

이 게임도
저 사람들도 이상해.
나갈래.

결국 이 시스템에 적응되어버린,
올드 유저들만이 이 게임을
맹목적으로 계속해갔습니다.
(한 번에 요구하는 아이템량은
얼마나 많았게요?)

온라인 게임 인생 중
유독 기억에 강렬하게 남은 게임은
샤이닝 로어와 트릭스터입니다.

저와 같은 사람들이
자꾸 힘든 길을 스스로 가면서
앓는 소리를 냈던 이유는
무엇이었을까요?

그땐 너무 어려서
도전 정신에 휩싸였던 걸까요?

아니면
오기 때문에?

아~ 자동전투
안 돼? 안 해.

지금의 나

아니면 그저 마조히스트였을지도
모를 일입니다… (왜냐하면 지금도
궁수 캐릭터 좋아하거든요…)

※ 궁수도 좋아하지만 요리사 같은 잡기형(?) 캐릭터도 좋아해요.

# 여중생A 1

지은이 | 허5파6

초판 1쇄 발행일 2017년 3월 17일
초판 7쇄 발행일 2022년 6월 22일

발행인 | 한상준
편집 | 김민정 · 강탁준 · 손지원 · 최정휴 · 정수림
마케팅 | 이상민 · 주영상
관리 | 양은진
표지 디자인 | 조경규
본문 디자인 | 김경희

발행처 | 비아북(ViaBook Publisher)
출판등록 | 제313-2007-218호(2007년 11월 2일)
주소 | 서울시 마포구 월드컵북로 6길 97(연남동 567-40 2층)
전화 | 02-334-6123  전자우편 | crm@viabook.kr
홈페이지 | viabook.kr

ⓒ 허5파6, 2017
ISBN 979-11-86712-35-1 04810